»BLU

Buchners **L**ektüre **U**nterrichtsmaterial

Fatma Aydemir

Dschinns

Bearbeitet von
Lisa Geßner und Kirsten Vates-Asheti

C.C.BUCHNER

»BLU
Buchners **L**ektüre **U**nterrichtsmaterial

Herausgegeben von Barbara Reidelshöfer

Dschinns
Bearbeitet von Lisa Geßner und Kirsten Vates-Asheti

1. Auflage, 1. Druck 2024
Alle Drucke dieser Auflage sind, weil untereinander unverändert, nebeneinander benutzbar.

Dieses Werk folgt der reformierten Rechtschreibung und Zeichensetzung. Ausnahmen bilden Texte, bei denen künstlerische, philologische oder lizenzrechtliche Gründe einer Änderung entgegenstehen.

Redaktion: Jutta Förtsch
Layout und Satz: Wildner + Designer GmbH, Fürth
Druck: Brüder Glöckler GmbH, Wöllersdorf

www.ccbuchner.de

ISBN 978-3-7661-**12502**-2

Zur Einstimmung

Liebe(r) ....!

Heutzutage werden Inhalte häufig schnell in komprimierter Form präsentiert, sodass die Lektüre eines „dicken" Buchs abschreckend erscheinen mag. Auch der Deutschunterricht schafft es oft nicht, die Freude am Lesen zu wecken, werden doch häufig „alte Schinken" gelesen, die aus Ihrer Perspektive meilenweit von Ihrer Lebenswelt entfernt scheinen, wodurch Sie sich kaum mit ihnen identifizieren können.

Dschinns bietet aber genau dieses Identifikationspotential, das so wichtig ist, damit eine Geschichte Sie in ihren Bann ziehen kann. Die Handlung von *Dschinns* ist mitten aus dem Leben einer Familie gegriffen und schafft mit ihren sechs sehr unterschiedlichen Familiencharakteren zahlreiche Anknüpfungsmöglichkeiten an Ihre sicher jeweils sehr unterschiedliche eigene Lebenssituation. Zentral ist, dass die Autorin Fatma Aydemir in ihrem Familienroman Menschen mit Migrationsgeschichte in den Blick nimmt und bestehende Vorurteile darin gekonnt dekonstruiert. Außerdem wird mit der in den 90er Jahren angesiedelten Handlung für heutige Leserinnen und Leser die Wirkung von Vergangenem auf die Gegenwart sichtbar, die ja immer „auf den Schultern der Vergangenheit steht".

Unser Arbeitsheft hilft Ihnen dabei, den Roman zu analysieren, dessen Identifikationspotential auszuschöpfen und gegebenenfalls einen Blick über den eigenen familiär bedingten Tellerrand zu werfen. Dabei werden Sie Ihre Interpretationskompetenzen erweitern, indem Sie sich mit der Handlung, der erzählten Welt und der Figurengestaltung auseinandersetzen. Darüber hinaus werden Sie sich Gedanken darüber machen, ob und wie Migration auch Sie persönlich betrifft und Ihre Lebenswelt prägen könnte.

Damit Sie immer genau wissen, was zu tun ist, gibt es im Heft wiederkehrende Symbole:

» Hier können Sie Aufgabenstellungen digital bearbeiten.

» Hier finden Sie Unterstützung, wenn Sie bei einer Aufgabe Schwierigkeiten haben und nicht weiterkommen.

» Hier können Sie sich vertieft mit einem Aspekt der Interpretation auseinandersetzen.

» Hier erfahren Sie, dass Sie Aufgaben bereits vor dem Lesen oder erst nach dem Lesen des ganzen Romans bearbeiten sollen.

Wenn Sie mit der vorliegenden Print-Ausgabe arbeiten, finden Sie hinter zahlreichen QR-Codes (einfach scannen oder Mediencode auf der Buchner-Website eingeben) zusätzliche Materialien, Hilfen zur Lösung der Aufgaben, Links zu Hörtexten oder Videos usw.
Zur Bearbeitung der digitalen Aufgaben-Varianten in click & study lösen Sie bitte einmal den seriellen Code auf der Innenseite des Umschlags ein.

Wir wünschen Ihnen nun viel Spaß mit *Dschinns.*

Lisa Geßner und Kirsten Vates-Asheti

» 1. Lesefreude wecken und einen Roman der Gegenwart kennenlernen

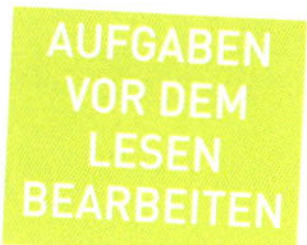

a) Dem Buchtitel auf der Spur – sich mit der Bedeutung der mystischen Dschinn[1] auseinandersetzen

A1 Der Dschinn als Wunscherfüller: Die bekannteste Dschinn-Figur der Gegenwart ist sicher der Geist aus *Aladdins Wunderlampe* im gleichnamigen Disney-Film. In einer Inhaltsbeschreibung des Films heißt es: „Aus der Lampe befreit Aladdin einen Dschinni, der Wünsche erfüllen kann."

A1.1 click & study

Stellen Sie sich vor, Sie haben wie Aladdin drei Wünsche frei, um Ihr Leben in emotionaler Hinsicht tiefgreifend zu verändern. Welche Wünsche wären das?
Notieren Sie diese und lassen Sie dabei materielle Aspekte außen vor.
Ermitteln Sie **digital** die Wunsch-Favoriten in der Klasse.

A1.2 Recherchieren Sie, welche drei Wünsche Aladdin im Film erfüllt werden, und diskutieren Sie mit Ihrer Lernpartnerin / Ihrem Lernpartner, ob Aladdin die Wünsche weise eingesetzt hat. Vergleichen Sie diese im Anschluss mit Ihren Wünschen und ziehen Sie ein Fazit.

A2 Sammeln Sie in der Gruppe weitere Beispiele von Dschinn-Figuren, die Ihnen in der Literatur, in Filmen oder Serien begegnet sind. Tragen Sie Informationen zu diesen zusammen und überprüfen Sie die Beispiele auf Gemeinsamkeiten und Unterschiede.

+ Sie kennen neben Dschinni aus Aladdin keine anderen „Wunscherfüller"? Im **QR-Code** [12502-01] finden Sie weitere Beispiele, über die Sie sich informieren können.

A3 In der islamischen Kultur herrscht – neben der „Funktion" als Wunscherfüller – eine weitere Auffassung über Dschinn vor. Der Erfahrungsbericht auf Seite 6 stammt von Wasim, einem Angehörigen des islamischen Kulturkreises, der mit der Erzählung über Dschinn aufgewachsen ist.

[1] Anders als im Buchtitel verwendet lautet der deutsche Plural von der *Dschinn die Dschinn* (oder auch *die Dschinnen*).

A3.1 Markieren Sie Textstellen, die Sie interessant oder überraschend finden.

Material 1

„Als Muslim wird man mit den Dschinn als mystische Wesen zwangsläufig konfrontiert. Wenn ich höre, dass über Dschinn gesprochen wird, löst es ein Gefühl von Angst bei mir aus. Laut der Erzählungen, mit denen ich aufgewachsen bin, erscheinen die Dschinn, sobald man ihren Namen laut ausgesprochen hat. Daher soll man den Namen gar nicht erst in den Mund nehmen. Falls man es doch getan hat, sagt man die Formel ‚bismallah rahman arahim' (im Namen Gottes, des Gnädigen, des Barmherzigen), um sich vor ihnen zu schützen. Dschinn können sowohl gut als auch böse sein, die Vorstellung von Dschinn als böse Geister dominiert aber. Um die Begegnung mit ihnen zu vermeiden, soll man zum Beispiel nachts nicht auf den Friedhof gehen. Sie sind unsichtbar, sollen aber hässlich sein. Es gibt viele Geschichten, in denen Dschinn von menschlichen Seelen Besitz ergreifen und diese vom rechten Weg eines gläubigen Muslims abbringen. Von Dschinn besessene Personen machen schlechte Dinge. Sie wenden sich beispielsweise von geliebten Menschen und Gott ab. Diese Personen können dann nicht mehr die Moschee besuchen und vernachlässigen das Gebet. Nur ein Imam, ein Vorbeter einer Moschee, kann sie dann von der Besessenheit befreien. Es gibt Rituale, mit denen man mit Dschinn in Kontakt treten kann, damit habe ich mich aber nie auseinandergesetzt, da ich zu viel Respekt vor negativen Auswirkungen habe. Generell wird die Erzählung über Dschinn auch dazu genutzt, den Kindern Unbehagen zu bereiten, da diese Wesen eben nicht physisch greifbar sind und mit allem Schlechten in Verbindung gebracht werden."

A3.2 

Informieren Sie sich mithilfe weiterer Quellen über die Bedeutung von Dschinn im Islam. Unter dem **QR-Code** [12502-02] finden Sie Recherche-Tipps. Notieren Sie alle wichtigen Aspekte in einer Mind-Map. Sie können auch an einer **digitalen** Pinnwand arbeiten.

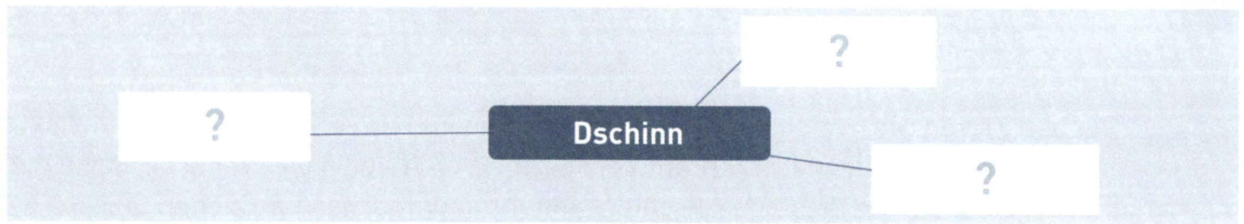

A3.3 Vergleichen Sie anschließend die gesammelten Informationen mit dem Erfahrungsbericht aus **A 3.1**. Notieren Sie Ihre Vergleichsergebnisse stichpunktartig.

A3.4 Erläutern Sie abschließend alle gefundenen Facetten der Dschinn-Figuren und deren Funktionen.

A4 Kennen Sie ähnliche Erzählungen über mystische oder religiöse Wesen aus einem anderen Kulturkreis? Berichten Sie davon im Plenum.

Disney wird häufig kulturelle Aneignung vorgeworfen – ein Thema, das aktuell viele Menschen bewegt. Unter dem **QR-Code** [12502-03] finden Sie Anregungen zur vertieften Auseinandersetzung mit dem Thema.

b) Was ein Cover (nicht) verrät – Hypothesen zum Roman aufstellen

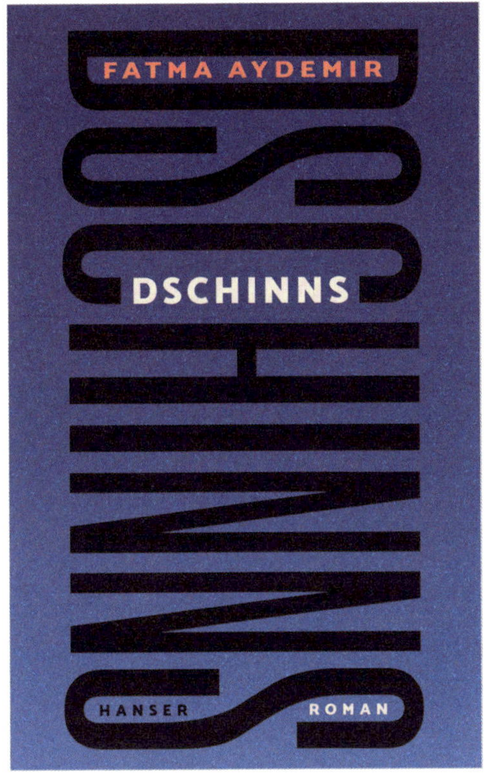

A1 Das Cover zu *Dschinns* ist schlicht gehalten. Man spricht im Layout von einer Schriftlösung, d. h. ohne Bildelemente.
Sammeln Sie mögliche Gründe für diese Entscheidung des Verlages und erläutern Sie, ob Sie das Cover anspricht oder nicht.

A2 Auf der Buchrückseite der Taschenbuchausgabe finden Sie folgenden Klappentext:

> **Von der unstillbaren Sehnsucht, verstanden zu werden**
>
> Wenn jede Familie ein Gebilde aus Erzählungen ist, was bedeuten die Lücken darin? Brauchen wir sie, weil die ganze Wahrheit nicht zu ertragen ist? Oder bringen sie am Ende alles zum Einsturz? In diesem virtuosen Roman über sechs grundverschiedene Menschen, die zufällig miteinander verwandt sind, stellt Fatma Aydemir Fragen voller Wucht, Spannung und Schönheit und richtet den Blick tief hinein in die Geschichte der vergangenen Jahrzehnte und weit voraus.

A2.1 Markieren Sie Schlüsselwörter, die Ihnen einen Hinweis auf die Handlung geben.

A2.2 Stellen Sie nun in Kleingruppen Vermutungen darüber an, wie diese Handlung aussehen könnte. Halten Sie diese Annahmen schriftlich fest, um sie nach der Lektüre mit den tatsächlichen Romaninhalten vergleichen zu können.

A2.3 Im Kapitel 1a) haben Sie sich mit dem Dschinn als mystisches Wesen auseinandergesetzt. Stellen Sie nun Vermutungen darüber an, warum sich Fatma Aydemir für den Titel *Dschinns* entschieden haben könnte.

A3 Gestalten Sie im Anschluss an Ihre Lektüre ein eigenes Cover. Sie dürfen dabei alle Ihnen zur Verfügung stehenden gestalterischen Mittel verwenden (Zeichnung, Malerei, Collage, digitale Möglichkeiten).

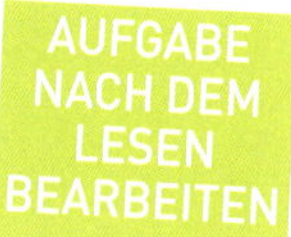

» 2. Die Handlung und die erzählte Welt erfassen

a) Worum geht es eigentlich? – das Hauptthema eines Textes bestimmen

A 1 Auf der Buchrückseite der Taschenbuchausgabe findet sich auch noch folgendes Zitat:

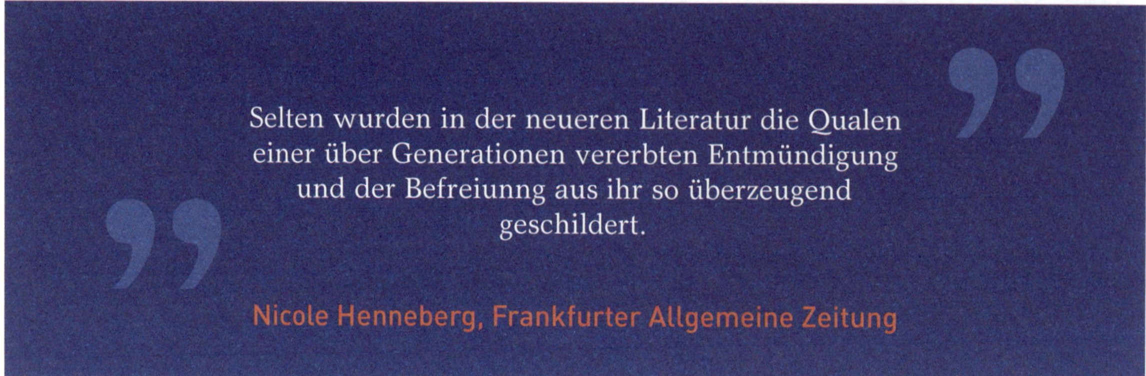

A 1.1 Tauschen Sie sich zunächst mit Ihrer Lernpartnerin / Ihrem Lernpartner darüber aus, auf welche Romaninhalte dieses Zitat Bezug nimmt.

A 1.2 click & study Sammeln Sie ausgehend von diesem Zitat gemeinsam zentrale Themen, die in *Dschinns* enthalten sind. Halten Sie diese in einer **digitalen** Wortwolke fest.
Werten Sie die Wortwolke gemeinsam im Plenum aus und stimmen Sie darüber ab, welches der Themen als das Hauptthema angesehen werden kann.
Diskutieren Sie Ihr Abstimmungsergebnis im Plenum.

A 2 Die Bestimmung des Hauptthemas ist vor allem für die Erstellung eines Basissatzes, welcher einer strukturierten Inhaltszusammenfassung vorangestellt wird, von Bedeutung.
Formulieren Sie nun ausgehend von Ihrer Einigung in Aufgabe **1.2** einen Basissatz zu *Dschinns*.

> Unter dem **QR-Code** [12502-04] finden Sie – sollten Sie unsicher sein – eine Hilfe zur Formulierung eines Basissatzes.
>
> 
> 12502-04

A 3 Es ist an deutschen Theatern inzwischen üblich, Romane als Theaterstücke zu inszenieren. Unter dem **QR-Code** [12502-05] finden Sie Links zu drei Trailern unterschiedlicher Dramatisierungen von *Dschinns* aus den Jahren 2022 bis 2024.

12502-05

A 3.1 Sehen Sie sich die Videos an und bestimmen Sie zunächst, welches Hauptthema jeweils deutlich wird.
Vergleichen Sie Ihre Ergebnisse mit Ihrer Festlegung aus **A 1.2**. Was stellen Sie fest?

A 3.2 click & study Bewerten Sie gemeinsam im Team die Gestaltung der einzelnen Trailer. Begründen Sie, welchen Sie für den gelungensten halten.
Geben Sie ein **digitales** Votum dazu ab.

A 3.3 Analog zu Trailern für Theaterproduktionen gibt es im Jugendbuchbereich auch viele Buchtrailer, die für Romane werben. Gestalten Sie diesen Buchtrailer für *Dschinns*.

b) Viele Erzählstimmen – die erzählerische Gestaltung des Romans untersuchen

A 1

Sicherlich ist Ihnen bereits beim Lesen aufgefallen, dass *Dschinns* einige Besonderheiten des Erzählens aufweist.
Entscheiden Sie – wahlweise auch **digital** –, ob die folgenden Aussagen über den Roman korrekt sind. Falsche Aussagen müssen anschließend richtiggestellt werden.

	richtig	falsch
Dschinns wird multiperspektivisch erzählt.		
In *Dschinns* tritt die Erzählinstanz in verschiedenen Erzählstimmen auf.		
Die Erzählinstanz zeigt sich im Roman durchgängig in der Er-/Sie-Form.		
Die Erzählstimmen sind gleichzeitig auch Figuren und stehen innerhalb der Handlung (= homodiegetisch).		
Im Roman liegt im Kapitel von Hüseyin und Emine eine uneingeschränkte Sicht der Erzählinstanz (=Nullfokalisierung) vor.		
Im Roman gibt es sowohl direkte Reden als auch erlebte Reden und innere Monologe.		

A 2 In Perihans Kapitel (S. 161 ff.) erinnert sich diese, angeregt durch das Gespräch mit Ümit, immer wieder an ihre Gespräche mit ihrem verstorbenen Freund Armin. Die direkte Rede wird hierbei nicht wie normalerweise mit Anführungszeichen gekennzeichnet, sondern in kursiver Schrift wiedergegeben. Ein Beispiel finden Sie auf der Seite 195.

A 2.1 Analysieren Sie die Wirkung dieser Darstellung von Perihans Erinnerungen.

A 2.2 Auch Emine erinnert sich im letzten Kapitel an ein vergangenes Gespräch mit ihrem Ehemann, welches ebenfalls kursiv gedruckt ist (S. 364 f.).
Welche Unterschiede und/oder Gemeinsamkeiten zu Perihans Erinnerungen können Sie erkennen? Ergänzen Sie Ihre Analyse aus **A 2.1** entsprechend.

A3 In Emines und Hüseyins Kapiteln zeigt sich eine erzählerische Besonderheit wiederum dadurch, dass beide Personen direkt, sozusagen aus dem „Off", angesprochen werden.

A3.1 Überlegen Sie mit einer Lernpartnerin oder einem Lernpartner, wer diese Kommentare macht, und welche Funktion diese erzählerische Gestaltung erfüllt.
Notieren Sie Ihre Ergebnisse.

„Hab keine Angst, Hüseyin, komm, atme ein, nimm einen kleinen Atemzug, nur so viel Luft, wie du brauchst, um wieder Herr über dich selbst zu sein, um deine Worte zu flüstern, du hast sie dir ein Leben lang für diesen Moment aufgehoben, und eigentlich willst du sie noch nicht sagen, weil du noch gar nicht aufgeben willst, [...]." (S. 21)

„Ja, Emine, es stimmt, nicht nur Ayşe ist alt geworden. Sieh dich an. Dein Gesicht gleicht den ungebügelten Hemden Hüseyins, an denen du heute Morgen noch gerochen hast. Zerknittert und weiß. Du bist jetzt eine von den Alten geworden, Emine. Weißt du noch, wie man von ihnen sprach, als du ein Kind warst?" (S. 359)

A3.2 Was halten Sie vom Einsatz dieser besonderen erzählerischen Gestaltung ausgerechnet bei den beiden Eltern-Figuren am Beginn und am Ende des Romans?
Positionieren Sie sich zunächst selbst auf der Positionslinie und notieren Sie ein Argument bzw. Argumente für Ihre Position.
Diskutieren Sie anschließend in Ihrer Lerngruppe darüber.

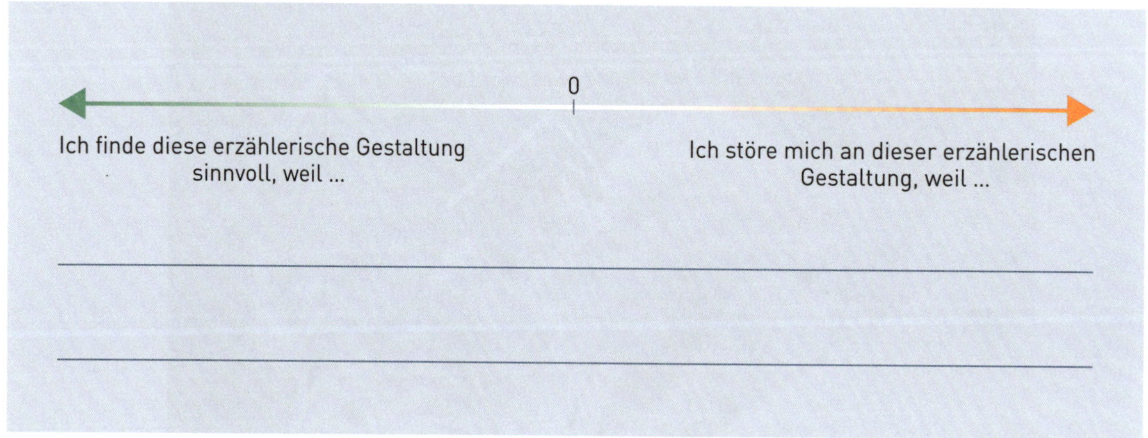

A4 Obwohl jeder Figur im Roman ein Kapitel gewidmet ist, bekommt Sevda im Kapitel von Emine noch einmal sehr viel Raum.
Verschriftlichen Sie Ihre Vermutungen darüber, warum dies der Fall ist, und beziehen Sie dabei auch einschlägige Ergebnisse aus **A3** in Ihre Deutung ein.

c) Wie die Zeit vergeht – die Zeitgestaltung des Romans untersuchen

A1 Die eigentliche Handlung von *Dschinns* spielt innerhalb von ca. 48 Stunden. Zeichnen Sie in den untenstehenden Zeitstrahl die Ereignisse ein, die auf den Tod Hüseyins folgen. Nutzen Sie dazu passende Symbole oder einzelne Stichwörter, um den Zeitstrahl zu füllen.

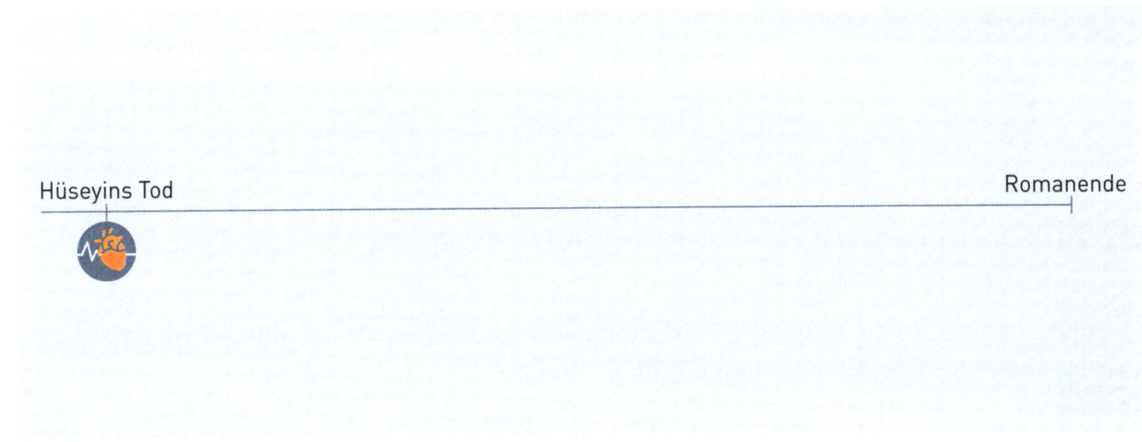

A2 Fatma Aydemir gelingt mit *Dschinns* ein Roman, der durch die anachronische Erzählweise erst schrittweise Zusammenhänge enthüllt. Durch den Einsatz von verschiedenen sogenannten Analepsen zeigt sich die Geschichte der Familie Yilmaz erst nach und nach.

Info

Eine **Analepse** ist die nachträgliche Erwähnung eines Ereignisses, das innerhalb der Geschichte zu einem früheren Zeitpunkt stattgefunden hat als dem, den die Erzählung bereits erreicht hat.

A2.1 Lesen Sie eine der sieben vorliegenden Analepsen erneut und überlegen Sie, was passieren würde, wenn dieser Teil jeweils nicht im Roman thematisiert werden würde.

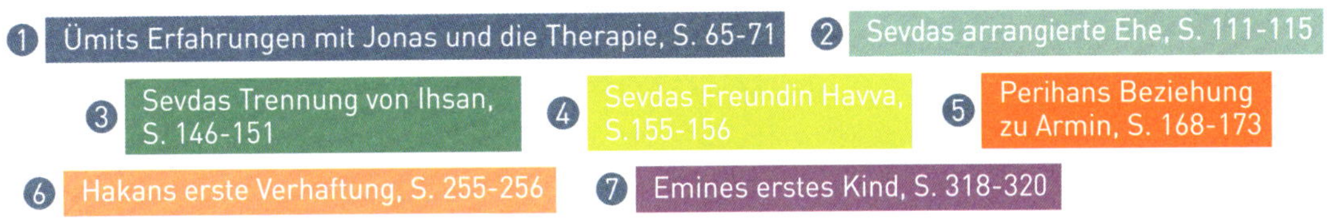

A2.2 Erläutern Sie nun auf Basis Ihrer Überlegungen die Funktion und Wirkung der einzelnen Analepsen.

A3 Eine Möglichkeit, Andeutungen über zukünftige Handlungen / Ereignisse im Roman zu machen, sind Prolepsen. Bearbeiten Sie die Aufgaben dazu auf der Seite 12.

Info

Mit einer **Prolepse** wird ein späteres Ereignis entweder explizit angekündigt, verraten oder als Vermutung oder Erwartung weckender Hinweis erzählt. Die gesamte Bedeutung, deren Dimension, kann häufig erst im Nachhinein, d.h. wenn das Ereignis in der Lektüre tatsächlich eintritt, erschlossen werden.

A3.1 Im Roman finden sich drei Prolepsen, die auf das Ende des Romans hindeuten. Sammeln Sie diese drei Textstellen in *Dschinns*.

Sie haben nicht genau genug gelesen? Im **QR-Code** [12502-06] finden Sie die entsprechenden Seitenangaben, auf denen sich die Prolepsen befinden.

A3.2 Haben Sie diese Vorausdeutungen bereits beim ersten Lesen des Romans erkannt? Erläutern Sie die Funktion und Wirkung dieser Textstellen für *Dschinns*.

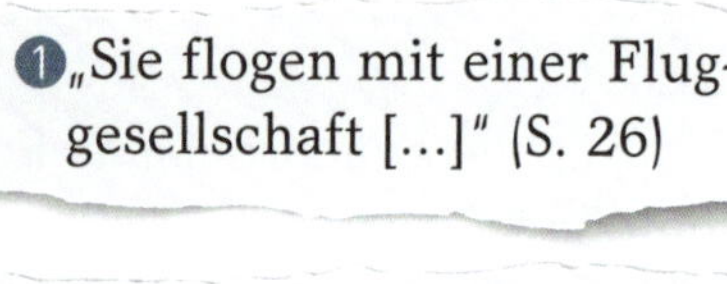

Bringen Sie dazu auch ihr Wissen aus Serien und Filmen mit ein.

A4 Neben Analepsen und Prolepsen werden noch andere Mittel zur Zeitgestaltung eingesetzt.

A4.1 Ordnen Sie die folgenden Textstellen den jeweiligen Mitteln der Zeitgestaltung aus der Tabelle zu. Sie können auch **digital** arbeiten.

1. „Sie flogen mit einer Fluggesellschaft […]" (S. 26)
2. „Babaanne saß auf einem Kelim […]" (S. 80 f.)
3. „Als Sevda die Wohnungstür aufschließt […]" (S.107 f. im Vergleich zu S. 92)
4. „‚Ey Mann, wo bleibst du?' fragte Peri […]" (S. 266 f.)
5. „Sevda liegt immer noch auf dem Sofa […]" (S. 115 f.)
6. „Kurz nach eins. 2100 Kilometer in 30 Stunden." (S. 228 f. im Vergleich zu S. 232)
7. „Der Biber räuspert sich […]" (S. 253)
8. „Du stehst langsam auf […]" (S. 358)

Zeitraffung	Zeitdeckung	Zeitdehnung	Zeitsprung	Zeitpause

Unter dem **QR-Code** [12502-07] finden Sie Erläuterungen zu den verschiedenen Mitteln der Zeitgestaltung.

A4.2 Suchen Sie sich eine der obigen Textstellen aus oder wählen Sie eine andere Textstelle aus dem Roman und analysieren Sie in einem kurzen Text (ca. 150 Wörter) die Wirkung der dort vorliegenden Zeitgestaltung.

Wenn Sie Probleme mit der Verschriftlichung Ihrer Analyseergebnisse haben, können Sie unter dem **QR-Code** [12502-08] einen exemplarischen Textbeginn nachlesen, der Ihnen den Übergang in das eigene Schreiben erleichtert.

d) Zwei Welten? – Schauplätze als gestaltete Räume der Handlung erkennen

A1 Der Roman spielt in verschiedenen Städten in zwei Ländern.

A1.1 Ordnen Sie die Figuren den jeweiligen Städten zu. Was verbindet die jeweilige Figur mit dem Ort? Ist dieser wichtig für sie oder ist es eine beliebige Stadt? Machen Sie sich Notizen.

Istanbul	Karlıdağ	Rheinstadt	Frankfurt	Salzhagen

A1.2 Überlegen Sie, wieso die Figuren teilweise so negativ über die jeweiligen Orte denken. Nutzen Sie Ihr Wissen aus den vorherigen Kapiteln und halten Sie Ihre Gedanken schriftlich fest.

A1.3 Diskutieren Sie im Plenum, inwiefern man bei diesen Handlungsräumen von zwei Welten, in denen sich die Figuren bewegen, sprechen kann.

A2 Nicht alle Handlungsräume in *Dschinns* existieren tatsächlich, einige sind fiktiv. Fatma Aydemir äußerte in einem Interview als Begründung für die Wahl fiktiver Orte neben realen Orten Folgendes:

„Fiktiv sind nur die kleineren Orte: Rheinstadt, Karlıdağ und auch Salzhagen. Bei den großen Städten, die im Buch vorkommen, wie Berlin, Istanbul oder Frankfurt, fiel es mir leichter, reale Orte zu verwenden, weil dazu schon so viele Bilder existieren. Alle haben eine Vorstellung davon. Bei kleineren Orten ..."

Fatma Aydemir wurde 1986 in Karlsruhe geboren, sie lebt in Berlin.

A2.1 Stellen Sie Vermutungen darüber an, warum Aydemir für kleinere Orte die Fiktion wählt, indem Sie ihre Aussage fortsetzen.

A2.2 Was ermöglicht Ihnen als Leserin und Leser diese Wahl fiktiver Orte? Diskutieren Sie diesen Aspekt im Plenum.

A3 Die Wohnung in Istanbul ist der Ort der gegenwärtigen Handlung und hat eine unterschiedliche Bedeutung für die jeweiligen Figuren.

A3.1 Wie beschreiben die einzelnen Mitglieder der Familie Yilmaz die Wohnung in Istanbul? Teilen Sie dafür die fünf untenstehenden Figuren gleichmäßig innerhalb der Klasse auf, und lesen Sie die für Ihre Person vorgegebenen Textstellen plus jeweils das Gespräch der Geschwister noch einmal.

A3.2 Zeichnen Sie die Wohnung anhand der Schilderungen „Ihrer“ Figur.

TIPP Sie möchten nicht zeichnen? Fertigen Sie eine digitale Collage an, zu der Sie Bilder hinzufügen, die den jeweiligen Beschreibungen der Figur über die Wohnung entsprechen.

A3.3 Finden Sie sich in Gruppen mit den jeweils gleichen Figuren zusammen. Vergleichen Sie Ihre Ergebnisse ausgehend von Ihren Zeichnungen. Was stellen Sie fest? Wie erlebt Ihre Figur die Wohnung? Welche Emotionen und Gedanken sind zentral?
Gestalten Sie eine gemeinsame Performance, in der Sie mit Textstellen und eigenen Sätzen die Bedeutung des Raumes für Ihre Figur verdeutlichen.

A3.4 Präsentieren Sie im Plenum Ihre Raum-Performances und vergleichen Sie abschließend die Bedeutung und Funktion der Raumgestaltung für die unterschiedlichen Figuren.

» 3. Die Figuren und ihre Sprache untersuchen

a) Wer kommt vor? – eine Figurenkonstellation und die Funktion von Nebenfiguren erarbeiten

A1 Erstellen Sie in arbeitsteiliger Gruppenarbeit ein Figurenverzeichnis, das alle Hauptfiguren und die wichtigsten Nebenfiguren auflistet.
Charakterisieren Sie alle Figuren mit einem aussagekräftigen Satz.

+ Zur Kontrolle darüber, ob Sie alle Figuren berücksichtigt haben, finden Sie unter dem **QR-Code** [12502-09] eine Übersicht.

12502-09

A2 Erstellen Sie für Ihre Lieblingsfigur einen aussagekräftigen Steckbrief nach dem Muster oder nutzen Sie den **digitalen** Steckbrief unter dem **QR-Code** [12502-10].

12502-10

Steckbrief

Name: ____________________ Eigenschaften: ____________________

____

Alter: ____________________ 3 Textbelege: ____________________

____

____

____

A3 Visualisieren Sie die Beziehungen der Figuren zueinander in einer Figurenkonstellation.

+ Unter dem **QR-Code** [12502-11] finden Sie – wenn nötig – eine Erklärung zur Erstellung einer Figurenkonstellation.

12502-11

TIPP Visualisieren Sie die Konstellation im Klassenzimmer: Hängen Sie die Steckbriefe auf und verdeutlichen Sie die Beziehungen mit Fäden.

A4 Im Roman *Dschinns* stehen die Mitglieder der Familie Yilmaz klar im Mittelpunkt, aber es gibt wie in **A1** ermittelt auch eine Vielzahl von Nebenfiguren.

A4.1 Diskutieren Sie mit Ihrer Lernpartnerin oder Ihrem Lernpartner, ob die Handlung auch ohne Nebenfiguren auskommen würde.

+ Informieren Sie sich dafür unter dem **QR-Code** [12502-12] über die unterschiedlichen Funktionen von Nebenfiguren.

12502-12

A4.2 Stellen Sie sich vor, *Dschinns* soll verfilmt werden. Ausgerechnet die in Ihren Augen wichtigste Nebenfigur soll gestrichen werden. Formulieren Sie gemeinsam in einer E-Mail an die Filmregisseurin / den Filmregisseur, warum diese Figur unbedingt bleiben muss. Stellen Sie Ihre Begründung im Plenum vor.

b) Ümit – den jüngsten Sohn charakterisieren

A1

Die Charakterisierung einer Figur beginnt damit, dass Informationen aus dem Text gesammelt werden, die allgemeine Aspekte, das soziale Umfeld, Emotionen und das Verhalten der Figur betreffen.
Sortieren Sie untenstehende Informationen über Ümit dem jeweiligen Oberbegriff der Tabelle zu. Arbeiten Sie analog oder **digital**.

15 Jahre alt • Jonas • Trainer Walter • traurig • hoffnungslos • Mitglied im Fußballverein • ein Bruder und zwei Schwestern • geht noch zur Schule • nimmt Tabletten • jüngstes Kind • geht zur Therapie • Eltern Emine und Hüseyin

Allgemeines	soziales Umfeld	Emotionen	Verhalten

A2 In einem Interview beschreibt Fatma Aydemir Ümit als eine Figur, die sich „fehl am Platz" fühlt. Dieses Gefühl geht bei Ümit einher mit einer starken Unsicherheit in den Bereichen **Familie**, **Kultur** und **Sexualität**.

A2.1 Suchen Sie zu den drei Bereichen Zitate aus Ümits Kapitel heraus, die diese Annahme der Unsicherheit stützen.

A2.2 Wählen Sie anschließend jeweils ein Zitat für den jeweiligen Bereich aus, das Ihrer Meinung nach am aussagekräftigsten erscheint.

A2.3 Tauschen Sie sich am Ende in der gesamten Klasse über Ihre Ergebnisse aus.

Zur Zeitersparnis finden Sie unter dem **QR-Code** [12502-13] eine kooperative Aufgabenvariante.

A3 Ümit ist vor allem mit dem Schicksalsschlag, in so jungen Jahren plötzlich seinen Vater zu verlieren, überfordert. Doch obwohl er sich geschworen hatte, die Tabletten, die Dr. Schumann ihm gegeben hatte, niemals einzunehmen, …
„hat er es zum ersten Mal einfach nicht mehr ausgehalten und sich gleich nach der Landung die erste Pille reingepfiffen. […] Nun schmeißt er sich die zweite rein und kippt den Resttee hinterher […]", (S. 42).

Bewerten Sie Ümits Verhalten im Hinblick auf seine vielfältigen Unsicherheiten und halten Sie Ihre Gedanken schriftlich fest.

A4 Neben seiner Unsicherheit gibt es aber noch viele weitere Aspekte, die Ümit charakterisieren.

A4.1 click & study

Kreuzen Sie an, welche der hier vorgeschlagenen Aspekte auf Ümit zutreffen. Wählen Sie eine der zutreffenden Eigenschaften aus und suchen Sie dazu passende Textstellen heraus. Arbeiten Sie analog oder **digital**.

Eigenschaft	zutreffend	nicht zutreffend
passiv	☐	☐
ehrgeizig	☐	☐
naiv	☐	☐
emotional	☐	☐
durchsetzungsfähig	☐	☐
beeinflussbar	☐	☐
mutig	☐	☐
will Hüseyin stolz machen	☐	☐
extrovertiert	☐	☐

A4.2 Formulieren Sie nun ein vollständiges Charaktermerkmal mit Beschreibung und Belegzitat.

Unter dem **QR-Code** [12502-14] finden Sie eine methodische Hilfe zum schriftlichen Charakterisieren.

12502-14

A5 Ümit und Jonas, den Ümit insgeheim begehrt, singen gemeinsam am Pool den Titelsong zur Serie *Prinz von Bel Air*. Darin heißt es unter anderem:

„I begged and pleaded with her day after day
But she packed my suitcase and sent me on my way
She gave me a kiss and then she gave me my ticket
I put my Walkman on and said, „I might as well kick it"

Szene aus Prinz von Bel Air

Warum singen die beiden ausgerechnet diesen Song?
Erläutern Sie den Zusammenhang zwischen dem Seriensong und den beiden Figuren.

Unter dem **QR-Code** [12502-15] finden Sie, wenn nötig, die deutsche Übersetzung der Textstelle.

12502-15

A6 Verfassen Sie einen Dialog zwischen den beiden Jungen, in dem Ümit sein Gefühl von Fremdheit in Deutschland darstellt, obwohl er wie Jonas schon sein ganzes Leben hier verbracht hat. Beziehen Sie sich dabei auch auf Ihre Ergebnisse aus **A 2**.

c) Perihan – die progressive Studentin charakterisieren

A 1 Perihan ist Studentin und diesen Status verbinden Menschen häufig mit bestimmten Eigenschaften der Person.
Sind Sie auch der Meinung, dass Studierende als progressiv bezeichnet werden können und trifft das auch auf Perihan zu, wie das die Kapitelüberschrift nahelegt?

A 1.1 Erklären Sie, was man unter „progressiv" versteht und warum gerade Studierende häufig als progressiv wahrgenommen oder eingestuft werden.

A 1.2 Bilden Sie Kleingruppen und lesen Sie Perihans Kapitel (S. 161-222) in Ihrer Gruppe erneut, indem Sie die Seiten gleichmäßig untereinander aufteilen.
Halten Sie jeweils diejenigen Textstellen in einer Übersicht fest, die belegen, dass Peri durchaus als progressiv bezeichnet werden kann.

A 1.3 click & study Entscheiden Sie analog oder **digital**, ob Perihans Verhalten heute noch als progressiv einzustufen ist. Diskutieren Sie Ihre Einschätzung dazu im Plenum.

A 2 Vervollständigen Sie nun Perihans Charakterprofil.

A 2.1 Vertiefen Sie die Charakterisierung Perihans, indem Sie weitere Merkmale und Eigenschaften, die ihr zugeordnet werden können, finden, und diese mithilfe von mindestens zwei Textstellen belegen.

A 2.2 Analysieren Sie die sprachliche Gestaltung in Perihans Kapitel anhand der unten und auf der nächsten Seite vorgegebenen fünf Textstellen.

A 2.3 Stellen Sie nun eine Deutungshypothese zu Perihan auf, und formulieren Sie diese mit Ihren Erkenntnissen aus **A 2.1** und **A 2.2** aus.

+ Unter dem **QR-Code** [12502-16] finden Sie Informationen, welche Aspekte bei der Sprachanalyse zu berücksichtigen sind.
Unter dem **QR-Code** [12502-17] finden Sie Hinweise auf die Methode, wie Analyse und Interpretation erfolgen sollten.

12502-16

12502-17

TIPP Wählen Sie bei geringem Zeitbudget eine arbeitsteilige Aufgabenvariante. Teilen Sie sich dafür in Gruppen auf. Pro Gruppe wird eine Textstelle analysiert und interpretiert.

① „Während Peri in *Menschliches, Allzumenschliches* nach Antworten auf ihre quälenden Fragen suchte, die sie Tag und Nacht wie eine unendliche Migräne plagten und in ihren schlaflosen Augäpfeln pochten wie der Timecode einer tickenden Bombe namens Überleben, schauten die anderen auf Nietzsche eher wie auf einen verrückten alten Onkel, [...]." (S. 181)

② „[N]ie wieder hat Peri diese Wärme in der Umarmung eines Menschen gespürt, und sie hat viele Menschen umarmt, viele Menschen geküsst, sie hat die Zerbrechlichkeit in ihren Augen gesehen, sie hat sich gut gefühlt mit ihnen, wie sie sich auf Augenhöhe wähnte, sie hat sich schlecht gefühlt, wenn sie etwas in ihren Gesichtern sah, das sie nicht erwidern konnte [...]." (S. 169)

③ „[Peris Kommilitonen] waren nicht im Kampf mit [Nietzsche]. Sie mussten ihn nicht bezwingen. Sie sahen sich eher als ebenbürtig mit ihm, als Teile eines größeren Ganzen, einer Kulturgeschichte, die um Jahrhunderte zurückreichte, in die sie sich insgeheim zurücksehnten." (S. 181)

④ „Sie wurde eine Zeit lang seltsam leichtsinnig, testete, wie weit sie über die Ränder des Quadrats hinausgehen konnte, das sie im Inneren ihres Kopfes mit Kreide gezeichnet hatte." (S. 173 f.)

⑤ „Sie kam wie ein Gespenst in die Wohnung ihrer Eltern und saß auf dem Sofa herum, noch dünner, noch blasser, noch verschwiegener als sonst, trug kaum noch Farben, war neben der Spur." (S. 177)

A3 Besonders auffällig in Perihans Kapitel ist die häufige Wiederholung des Satzes:

„Es gibt Gedanken, die nur im Dunkeln zu uns kommen." (S. 169, 170, 183 f.)

A3.1 Geben Sie diesen Gedanken eine Stimme und formulieren Sie schriftlich mögliche Gedanken Perihans auf Basis Ihrer bisherigen Ergebnisse aus **A 1** und **2**.

A3.2 Bestimmen Sie das hier vorliegende sprachliche Mittel und erläutern Sie dessen Bedeutung und Wirkung.

A4 Friedrich Nietzsche spielt offenbar für Perihan eine wichtige Rolle.

A4.1 Informieren Sie sich zusätzlich zur der Bildunterschrift hier auf der Seite unter dem **QR-Code** [12502-18] über Friedrich Nietzsche. Stellen Sie im Anschluss die wichtigsten Informationen über ihn in einer Mind-Map zusammen.

12502-18

A4.2 Perihan befindet sich im Gegensatz zu ihren Kommilitoninnen und Kommilitonen „im Kampf" mit Nietzsche (S. 181).
Lesen Sie die Seiten 181 f. und 187 – 189 oben noch einmal und stellen Sie dar, welche Bedeutung Nietzsche für Perihan hat und wie sich die Auseinandersetzung mit ihm auf ihren Charakter auswirkt. Berücksichtigen Sie dabei auch Ihre gesammelten Kenntnisse aus den vorherigen Aufgaben.

Friedrich Nietzsche (1844-1900): deutscher Philosoph (und klassischer Philologe); er gilt als Vertreter des Nihilismus und prägte den Begriff des „Übermenschen". Im Nihilismus werden jegliche Werte und Moralvorstellungen, auch die Existenz Gottes, negiert; er lehrt die absolute Sinnlosigkeit des Lebens.

A5 Wie wohl Perihans Social-Media-Profil aussähe?

A5.1 Erstellen Sie „für" Perihan einen digitalen Post. Überlegen Sie dafür auf Basis Ihrer bisherigen Ergebnisse, wie Perihan diesen gestalten würde, und denken Sie dabei an geeignete Fotos, Texte und Hashtags.

A5.2 Vergleichen und bewerten Sie die von Ihnen erstellten Posts.

d) Hakan – die Entwicklung einer Figur nachvollziehen

A1 Hakan ist der älteste Sohn von Hüseyin und Emine.

A1.1 Wie soll der älteste Sohn sein? Sammeln Sie drei mögliche Rollenerwartungen, die nach Ihrer Einschätzung an den ältesten Sohn in der Familie gestellt werden. Halten Sie diese in einer Wortwolke fest. Arbeiten Sie analog im Heft oder **digital**.

click & study

A1.2 Besprechen Sie Ihre Ergebnisse im Plenum.

A2 Hakan reflektiert auf der Fahrt von Rheinstadt nach Istanbul sein Leben und vor allem das Verhältnis zu seinem Vater.

A2.1 Erstellen Sie eine „Roadmap" für Hakans bisherigen Lebensweg, indem Sie zentrale Aspekte von Hakans Leben analysieren. Berücksichtigen Sie bei allen fünf hier genannten Aspekten vor allem das Verhältnis zu seinem Vater.

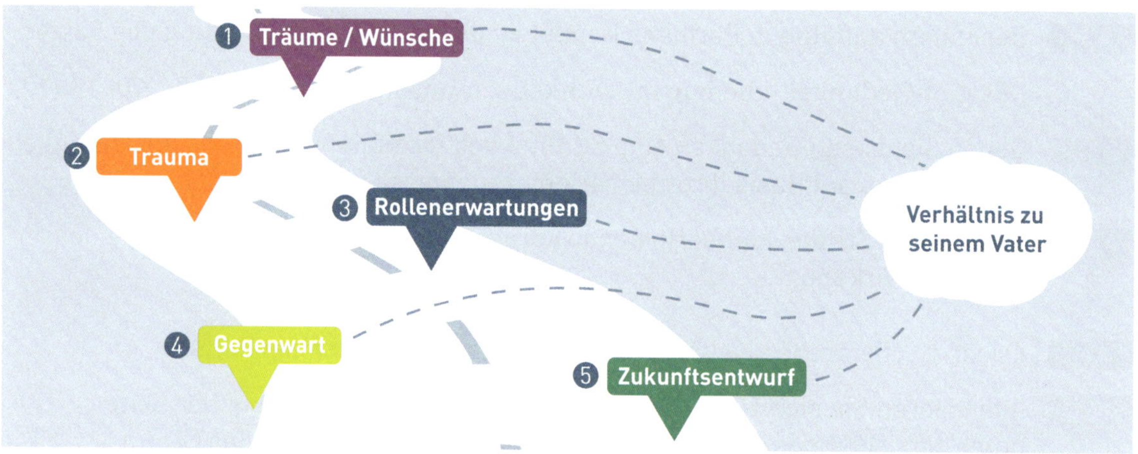

A2.2 Stellen Sie schriftlich Vermutungen darüber an, wie sich Hakan nach Ende der Romanhandlung weiterentwickelt. (ca. 200 Wörter)

TIPP Für diese Entwicklungen müssen Anhaltspunkte in der Romanhandlung vorliegen. Sie sollten keine reine Spekulation sein.

A3 Hakans Erfahrungen haben seinen Charakter und seine Sprache geprägt.

A3.1 Charakterisieren Sie Hakan gemeinsam mit Ihrer Lernpartnerin / Ihrem Lernpartner, indem Sie ihm drei konkrete Charaktermerkmale zuordnen und jeweils aufzeigen, inwiefern diese von der Sprache, die er benutzt oder in der er beschrieben wird, gestützt werden. Führen Sie jeweils konkrete Textbeispiele an, um Ihre Ergebnisse zu belegen.
Sie können auch mit der **digitalen** Aufgabenvariante arbeiten.

click & study

+ Unter dem **QR-Code** [12502-19] finden sie – wenn nötig – **Textstellen**, die Sie berücksichtigen sollten.
Unter den **QR-Codes** aus Kapitel 3c können Sie nochmals nachlesen, welche **sprachlichen Gestaltungsmittel** [12502-16] wichtig sind und **wie Sie diese interpretieren** [12502-17].

A3.2 In einer Schülerdiskussion sagt eine Schülerin:

„Hakan ist eine sich im Laufe des Romans verändernde Figur."

Überprüfen Sie diese Deutungshypothese, indem Sie auf zentrale Momente von Hakans Charakterentwicklung eingehen.

A4 Das Kapitel über Hakan greift viele Songtexte auf.

A4.1 Informieren Sie sich unter dem **QR-Code** [12502-20], was man unter Intertextualität versteht, und erklären Sie das Phänomen Intertextualität an Beispielen aus Hakans Kapitel.

12502-20

A4.2 Der Song *The Message* spielt für Hakan eine besondere Rolle (vgl. S. 238).
Setzen Sie sich mit der ersten Strophe auseinander und überprüfen Sie, inwieweit Aspekte des Songs auch auf Hakan und sein Leben zutreffen.
Finden Sie konkrete Beispiele für Parallelen und erläutern Sie diese.

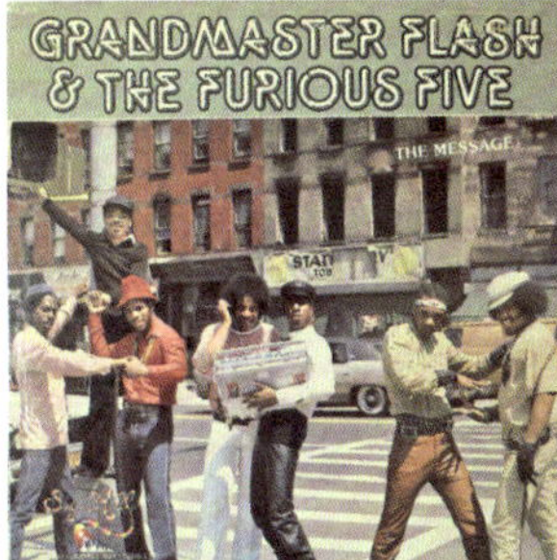

TIPP Eine kooperative Aufgabenvariante finden sie unter dem **QR-Code** [12502-21].

12502-21

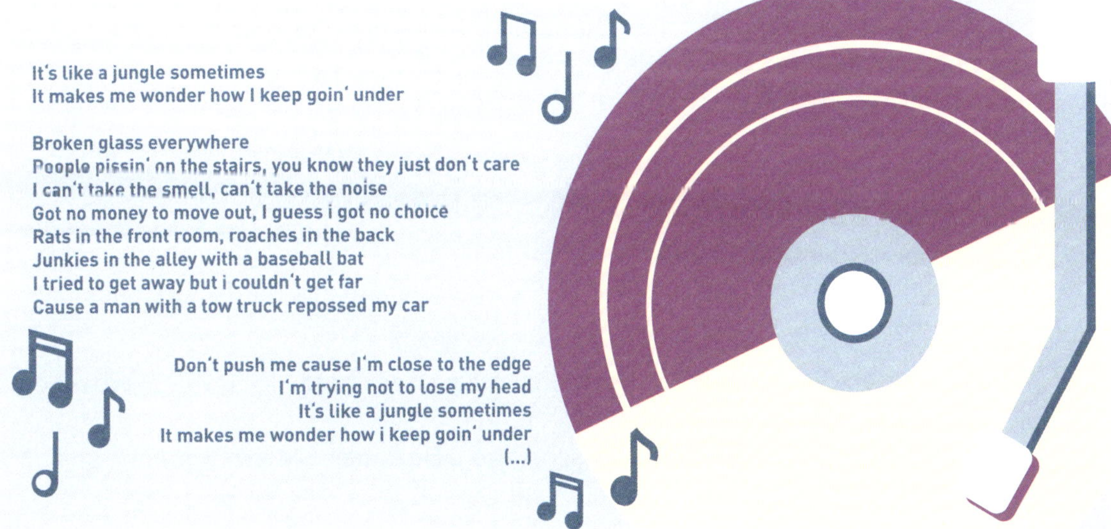

Eine deutsche Übersetzung finden Sie unter dem **QR-Code** [12502-22].

12502-22

A5

„Schweigen ist der Soundtrack seiner Kindheit" (S. 281)

Erklären Sie dieses Zitat.

A6 Hakan hat früher selbst Songs geschrieben. Wie würde er seine derzeitige Situation in Worte fassen?
Bilden Sie Kleingruppen und schreiben Sie einen Songtext über Hakans Lebenssituation.

e) Sevda – die verschiedenen Facetten starker Frauenfiguren entdecken

A 1

„Sevda ist eine starke, emanzipierte Frauenfigur, die sich von anderen nichts vorschreiben lässt und ihren eigenen Weg geht. Hierzu lässt sie Kultur und Religion hinter sich, um ein westliches Leben mit ihren Kindern zu führen."

A 1.1 Notieren Sie Ihre spontanen Gedanken zu dieser Deutungshypothese.

A 1.2 Um eine literarische Figur vollständig und adäquat beurteilen zu können, müssen aber Ersteindrücke hinterfragt, auf eventuelle Vorurteile und Stereotype hin überprüft und die Hypothesen anhand stimmiger Textstellen belegt oder widerlegt werden.
Notieren Sie die Charaktereigenschaften, die Sevda hier zugeschrieben werden, im Einzelnen und belegen Sie diese, wenn sie sich bestätigen, mit einschlägigen Textstellen.

A 2 In der obigen Charakterisierung fällt das Adjektiv *emanzipiert*. Emanzipation wird oft undifferenziert mit dem Begriff *Feminismus* verbunden.

A 2.1 Recherchieren Sie nach genauen Definitionen der beiden Begriffe.
Formulieren Sie anschließend mit eigenen Worten jeweils Definitionen, aus denen die Unterschiede zwischen beiden Begriffen deutlich werden.

A 2.2 Im Jahr 1957 wurde das Gesetz zur Gleichberechtigung im Deutschen Bundestag eingeführt.
Informieren Sie sich unter dem **QR-Code** [12502-23] über die langwierige Entstehung dieses Gesetzes.
Erörtern Sie gemeinsam mit Ihrer Lernpartnerin / Ihrem Lernpartner, welche Rolle dieses Gesetz für Sevda spielt.

12502-23

Art. 3, (2) Männer und Frauen sind gleichberechtigt. Der Staat fördert die tatsächliche Durchsetzung der Gleichberechtigung von Frauen und Männern und wirkt auf die Beseitigung bestehender Nachteile hin.

A 2.3 Positionieren Sie sich auf der Positionslinie zu der Frage, ob Sevda **bewusst** emanzipatorische Ziele verfolgt.
Begründen Sie Ihre Einschätzung schriftlich. Beziehen Sie Ihre Ergebnisse aus **A 2.1** und **A 2.2** mit ein.

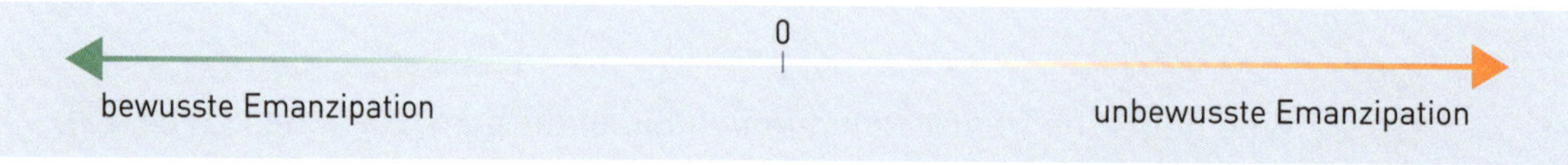

A 3 Formulieren Sie nun eine vollständige Charakterisierung zu Sevda, die Sie am Text belegen. Nehmen Sie am Ende Ihrer Charakterisierung vergleichend Stellung zur oben auf der Seite geäußerten Deutungshypothese.

Unter dem **QR-Code** [12502-24] finden Sie eine Erläuterung, wie Sie eine Deutungshypothese, die sich vertieft mit einer Figur und ihrem Charakter auseinandersetzt, aufstellen, ausführen bzw. am Text belegen.

12502-24

A4 Neben Sevda finden sich noch **Mariella** und **Havva** im Roman, die ebenfalls ein „Päckchen“ mit sich herumtragen.

A4.1 Fassen Sie arbeitsteilig deren Situationen und Probleme stichpunktartig mit Textbelegen zusammen.

A4.2 Erstellen Sie dann zu zweit ein Standbild, das Ihre Ergebnisse visualisiert.

A4.3 Werten Sie Ihre Standbilder im Plenum aus und beurteilen Sie davon ausgehend, ob alle drei Figuren als gleichermaßen stark einzuschätzen sind.

Sie benötigen Hilfe? Unter dem **QR-Code** [12502-25] finden Sie die für die Aufgabe ausgewählten Frauenfiguren mit möglichen Ansatzpunkten.

12502-25

A5 Sevda hat in ihrem Leben viel erlebt, was sie im Roman zu einer besonderen Figur macht. Stellen Sie sich vor, Sie wären eine langjährige Freundin oder ein langjähriger Freund Sevdas und verfassen Sie einen persönlichen Brief an sie, in welchem Sie Ihre Gedanken niederschreiben. Beginnen Sie Ihren Brief mit den Worten:

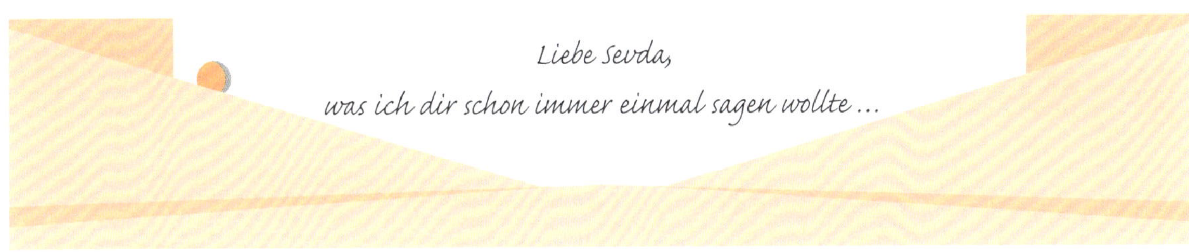

A6 Sicherlich haben Sie in Ihrem Leben ebenfalls starke Frauen um sich. Begründen Sie schriftlich, was diese Personen Ihrer Meinung nach so stark macht. Sie können dabei auf Ihnen nahestehende oder auch auf berühmte, in der Öffentlichkeit stehende Frauen als Beispiele zurückgreifen. (ca. 300 Wörter)

Kamala Harris (2024 US-amerikanische Vizepräsidentin und Präsidentschaftskandidatin)

Taylor Swift (US-amerikanische Popikone mit größtem kommerziellem Erfolg in der Popgeschichte)

Angela Merkel (deutsche Bundeskanzlerin von 2005 bis 2021)

f) Die Eltern Emine und Hüseyin – ihre Rolle im Beziehungsgefüge untersuchen

A1 Im Folgenden finden Sie eine Reihe von Adjektiven, um die Beziehung der Eltern zueinander bzw. die Beziehung des einen Elternteils zum anderen zu beschreiben.

A1.1 Sortieren Sie die Adjektive, die die Beziehung des Elternpaars beschreiben, in die vier Kategorien der Tabelle ein. Sie können auch **digital** arbeiten.

1. trifft auf Emine zu	2. trifft auf Hüseyin zu	3. trifft auf die Beziehung der beiden zu	4. unpassend

A1.2 Vergleichen und diskutieren Sie Ihre Auswahl mit Ihrer Lernpartnerin / Ihrem Lernpartner. Einigen Sie sich auf das Ihrer Meinung nach prägnanteste Merkmal.

A1.3 Suchen Sie nun gemeinsam nach Textbelegen, um Ihre Einschätzung zu unterstützen. Stellen Sie anschließend Ihre Ergebnisse im Plenum vor und ziehen Sie gemeinsam in der Lerngruppe ein Fazit zu Emines und Hüseyins Beziehung.

Hinter dem **QR-Code** [12502-26] finden Sie eine Übersicht mit hilfreichen Textstellen.

A2 Bestimmen Sie, welche **Mutter-Kind-Beziehung** Ihrer Meinung nach am problematischsten (–) und welche am unproblematischsten (+) ist. Begründen Sie Ihr Urteil mit Textstellen.

- ☐ Emine mit Sevda
- ☐ Emine mit Hakan
- ☐ Emine mit Perihan
- ☐ Emine mit Ümit
- ☐ Emine mit Ciwan

A2.1 Charakterisieren Sie die problembehaftetste Beziehung, indem Sie drei treffende Adjektive für dieses Verhältnis festlegen. Denken Sie auch hier an passende Textbelege.

A2.2 Finden Sie im Partnergespräch Lösungsmöglichkeiten, um die belastete Beziehung wieder zu verbessern.
Formulieren Sie dafür drei Ratschläge an Emine und drei Ratschläge an das „Kind".

A3 Bestimmen Sie nun, welche **Vater-Kind-Beziehung** Ihrer Meinung nach am problematischsten (–) und welche am unproblematischsten (+) ist.
Begründen Sie Ihre Meinung mithilfe von Textstellen.

- ☐ Hüseyin mit Sevda
- ☐ Hüseyin mit Hakan
- ☐ Hüseyin mit Perihan
- ☐ Hüseyin mit Ümit
- ☐ Hüseyin mit Ciwan

A3.1 Nach Hüseyins Tod reflektieren seine Kinder die Beziehung zu ihm ganz unterschiedlich. Wählen Sie ein Kind aus und analysieren Sie dessen Verhältnis zum Vater.
Stützen Sie Ihre Analyse mithilfe von Textbelegen.

> **TIPP** Sie können hier als Team oder auch als Kleingruppe arbeiten, um sich die Suche nach Textbelegen zu erleichtern.

A3.2 Bündeln Sie Ihre Ergebnisse und schreiben Sie aus der Perspektive des gewählten Kindes einen Brief an den verstorbenen Vater, um das Verhältnis zu ihm aufzuarbeiten.

A4 Sie finden im Folgenden zwei Deutungshypothesen zur jeweiligen Rolle des Elternteils innerhalb der Familie.
Wählen Sie eine Deutungshypothese aus und nehmen Sie zu dieser schriftlich Stellung.
Nutzen Sie auch hier Textbelege, um Ihre Einschätzung zu unterstützen.
Präsentieren Sie Ihr Ergebnis Ihrer Lerngruppe.

① *„Emine ist die eigentliche Familienmanagerin, die die Familie zusammenhält. Sie scheitert letztlich an ihren selbstauferlegten Regeln."*

② *„Hüseyin ist das von allen akzeptierte Familienoberhaupt und ist stets bereit, alles für seine Familie zu opfern."*

» 4. Migration und Identität – über die Suche nach dem eigenen Selbst nachdenken

a) Heimat und Migration – dem Leben im Dazwischen auf die Spur kommen

A1 Betrachten Sie das Plakat der Ausstellung *Horizonte* des Germanischen Nationalmuseums in Nürnberg.
Sammeln Sie Gefühle und Assoziationen im Zusammenhang mit Migration, die Ihnen bei der Betrachtung in den Sinn kommen.
Berücksichtigen Sie dabei den Titel der Ausstellung.

A2 Heimat ist eines der zentralen Themen in *Dschinns*. Aber was bedeutet dieser Begriff eigentlich?

A2.1 (click & study) Verfassen Sie zunächst Ihre persönliche Definition für den Begriff *Heimat*. Halten Sie diese auf einer **digitalen** Pinnwand fest.

A2.2 Werten Sie anschließend die Pinnwandeinträge aus und formulieren Sie gemeinsam eine gültige Definition von *Heimat*.

A3 Beschäftigen Sie sich nun mit dem zweiten zentralen Begriff *Migration*. Auf der Homepage der Bundeszentrale für Politische Bildung lesen Sie folgende Definition:

> „Von Migration spricht man, wenn eine Person ihren Lebensmittelpunkt räumlich verlegt. Von internationaler Migration spricht man dann, wenn dies über Staatsgrenzen hinweg geschieht."

A3.1 (click & study) Sammeln Sie für deren Ergänzung unterschiedliche Migrationsgründe in einem Cluster. Sie können auch kollaborativ auf einer **digitalen** Pinnwand arbeiten.

A3.2 Nehmen Sie anschließend Stellung zu der in der Migrationsdebatte zu hörenden Behauptung, dass „Migration Teil jeder Familiengeschichte [ist], wenn auch in unterschiedlicher Gewichtung".
Berücksichtigen Sie dabei auch Ihre Ergebnisse aus den vorherigen Aufgaben.

A4 Unter welchen Umständen würden Sie Ihre Heimat (Ihre Region, Ihr Land …) verlassen, also emigrieren?
Diskutieren Sie in Kleingruppen diese Frage und stellen Sie Ihre Ergebnisse im Plenum vor.

A5 Ein zentrales Ereignis für die Migration von Menschen aus der Türkei nach Deutschland war das Anwerbeabkommen der BRD mit der Türkei aus dem Jahr 1961.

A5.1 Sehen Sie unter dem **QR-Code** [12502-27] ein Video zum deutsch-türkischen Anwerbeabkommen und erstellen Sie eine Übersicht zu den Informationen aus dem Beitrag.

12502-27

A5.2 Vergleichen Sie Mustafa Akcis Situation aus dem Video mit der von Hüseyin aus dem Roman, indem Sie eine Tabelle mit Unterschieden und Gemeinsamkeiten erstellen.

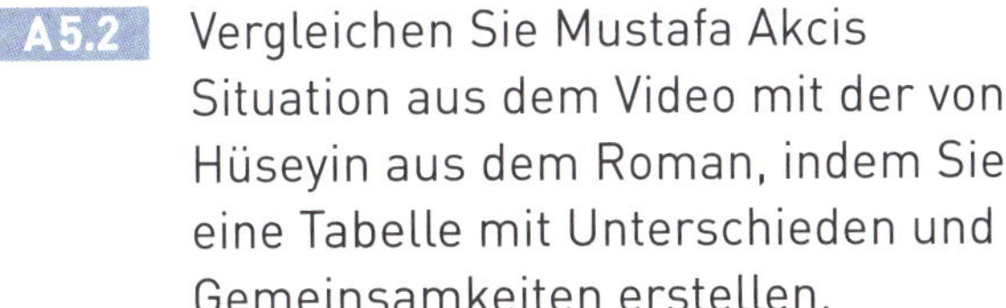

Ankunft sog. Gastarbeiter 1971 am Wolfsburger Bahnhof

Unter dem **QR-Code** [12502-28] finden Sie einen Projektvorschlag zu dem Thema Gastarbeiter mit regionalem Bezug.

12502-28

A6 *Aufbruch, Weg, Ankunft* – diese drei Begriffe sind zentral für jede Migration, so auch für Familie Yilmaz.

A6.1 Stellen Sie in einem Schaubild dar, wie und wo die drei Aspekte bei der Migrationsgeschichte der Familie Yilmaz Niederschlag finden.

A6.2 Wie sind die Protagonisten aus *Dschinns* in Deutschland angekommen? Untersuchen Sie, welche unterschiedlichen Strategien sie jeweils gewählt haben.

H Unter dem **QR-Code** [12502-29] finden Sie Textstellen, die Hinweise auf unterschiedliche Ankunftsstrategien enthalten.

12502-29

TIPP Wählen Sie bei geringem Zeitbudget eine arbeitsteilige Aufgabevariante: Teilen Sie sich in der Klasse dafür in Gruppen auf, jede Gruppe untersucht einen Protagonisten/eine Protagonistin.

A7 Die Familie Yilmaz unterhält sich über ihre Erfahrungen und Gefühle in Bezug auf ihre Migration nach Deutschland.

A7.1 Verfassen Sie im Team dieses fiktive Gespräch auf Basis Ihrer Ergebnisse aus den Aufgaben **A5** und **A6**.

A7.2 Lesen Sie sich anschließend Ihre fiktiven Gespräche vor und überprüfen Sie, ob sich die jeweiligen Haltungen mithilfe von Passagen aus dem Romantext belegen lassen.

A8 *Eure Heimat ist unser Albtraum* lautet der Titel eines Essaybandes, den Fatma Aydemir herausgegeben hat.
Diskutieren Sie in Ihrer Lerngruppe ausgehend von diesem Titel die Perspektive von Menschen mit Zuwanderungsgeschichte auf den Begriff *Heimat*.
Berücksichtigen Sie auch Ihre Ergebnisse aus **A2**, S. 24.

b) Migrationserfahrungen im Vergleich – ein themengleiches Gedicht mit dem Roman vergleichen

A1 Im vorherigen Kapitel haben Sie sich mit Facetten des „Lebens im Dazwischen“ beschäftigt. Beenden Sie nachfolgenden Satzanfang.

„Leben im Dazwischen“ bedeutet für mich …

A2 Lesen Sie nun das Gedicht *zwei welten* von Nevfel Cumart und notieren Sie Emotionen, die Sie nach dem Lesen empfinden, und markieren Sie Textstellen, die diese Emotionen auslösen.

zwei welten

zwischen
zwei
welten
inmitten
unendlicher
einsamkeit
möchte
ich eine brücke sein

doch kann ich
kaum fuß fassen
an dem einen ufer
vom anderen
löse ich mich
immer mehr

die brücke bricht
droht mich
zu zerreißen
in der mitte

Nevfel Cumart, geboren 1964 in Rheinland-Pfalz, studierte Turkologie, Arabistik, Iranistik sowie Islamwissenschaft und lebt seit 1992 freiberuflich als Schriftsteller, Übersetzer und Journalist in Bamberg. Er veröffentlichte zwanzig Gedichtbände in Deutsch, Englisch und Türkisch, eine Sammlung mit Erzählungen sowie eine Vielzahl Beiträge in Anthologien. Für sein literarisches Werk erhielt er zahlreiche Auszeichnungen. In 2014 überreichte ihm der damalige Bundespräsident Gauck persönlich das Bundesverdienstkreuz am Bande.

A3 Worum geht es in dem Gedicht *zwei welten* genau? Setzen Sie sich nun mit den Inhalten des Gedichts im Detail auseinander.

A3.1 Werden Sie kreativ und visualisieren Sie im Team den Kerninhalt des Gedichts. Sie können zeichnen, online nach einem passenden Bild suchen oder aber auch ein Bild durch eine KI erstellen lassen.
Stellen Sie im Anschluss das Ergebnis Ihrer Lerngruppe vor und begründen Sie Ihre Gestaltung.

Unter dem **QR-Code** [12502-30] finden Sie eine Übersicht mit geeigneten KI-Tools.

12502-30

A3.2 click & study

Wählen Sie aus den untenstehenden Möglichkeiten diejenigen aus, die Ihrer Meinung nach am besten die Migrationserfahrungen schildern, die in Cumarts Gedicht beschrieben werden.
Kreuzen Sie die Ihrer Meinung nach zutreffende(n) Aussage(n) an oder arbeiten Sie **digital**.

Aussagen zu den Migrationserfahrungen in zwei welten:

- ☐ Einsamkeit als zentrale Emotion während der Migration
- ☐ Migration als Angst vor dem Verlust der ursprünglichen Identität durch die Anpassung an den neuen Lebensort
- ☐ Scheitern am Spagat zwischen verschiedenen Lebensrealitäten, denen Migrantinnen und Migranten ausgesetzt sind
- ☐ Kämpfen mit den Anforderungen während der Migration

A3.3 Begründen Sie Ihre Auswahl anschließend in der Klasse.

A4 Auch in *Dschinns* sind die Migrationserfahrungen der Protagonistinnen und Protagonisten ein zentrales Thema.
Lesen Sie die Seiten 12 bis 15 erneut und vergleichen Sie die Gestaltung von Hüseyins Migrationserfahrungen mit denen, die in Cumarts Gedicht zum Ausdruck kommen.
Halten Sie Ihre Ergebnisse in tabellarischer Form fest.
Ergänzen Sie die genannten Vergleichsaspekte mit eigenen Ideen.

	Hüseyins Erfahrungen	zwei welten
Leben im Dazwischen		
Identifizierung mit neuer Heimat		
Emotionen		
Umgang mit der eigenen Herkunft		
?		
?		

Unter dem **QR-Code** [12502-31] finden Sie ausführliche Erläuterungen, wie Sie einen solchen Vergleich anlegen.

12502-31

Unter dem **QR-Code** [12502-32] finden Sie ein weiteres Gedicht mit Arbeitsaufträgen zu **Migrationserfahrungen im Vergleich** zu *Dschinns*.

12502-32

A5 In einer Online-Rezension zu *Dschinns* heißt es:

> *„Fatma Aydemirs Roman [...] gibt einen tiefen Einblick in die äußeren, vor allem aber auch inneren Kämpfe der Menschen in der ersten und zweiten ‚Gastarbeiter:innen'-Generation".*

Nehmen Sie auf Basis Ihrer bisherigen Kenntnisse Stellung zu dieser Einschätzung. Gehen Sie insbesondere auf die Darstellung des „Lebens im Dazwischen" ein. Berücksichtigen Sie auch Ihre Ergebnisse zu *zwei welten* (S. 28) sowie Ihr generelles Wissen zur Situation der Gastarbeiterinnen und Gastarbeiter in Deutschland (vgl. Kapitel 4a).

A6 „Ein Leben im Dazwischen" ist für keinen Menschen erstrebenswert.
Welche Maßnahmen oder Ideen schlagen Sie aus Ihrer persönlichen Perspektive vor, damit Migrantinnen und Migranten besser in der deutschen Gesellschaft ankommen? Was können der deutsche Staat und die Gesellschaft dafür tun? Was können die Migranten und Migrantinnen selbst tun?
Verfassen Sie ein ca. fünfminütiges Statement, in dem Sie für Verbesserungen in diesem Bereich werben.
Lassen Sie sich auch durch die Bilder zu Ideen inspirieren.

Unter dem **QR-Code** [12502-33] finden Sie weitere literarische Werke rund um das Thema Migration.

12502-33

c) Gender und Sexualität – Entwicklung von Identität im kulturellen Kontext reflektieren

A1 Ümits Homosexualität wird den Leserinnen und Lesern im Roman schrittweise bewusst. Sein Fußballtrainer Walter leitet ein Gespräch mit Ümit darüber ein mit den Worten

„Du hast ein Problem, Junge" (S. 62)

und schickt Ümit zum Therapeuten.

A1.1 Das Thema Homosexualität im Fußball wird nach Jahren des Schweigens inzwischen offen thematisiert. Informieren Sie sich unter dem **QR-Code** [12502-34] über den Standpunkt des Deutschen Fußballbundes (DFB) zu diesem Thema.

12502-34

A1.2 Formulieren Sie Annahmen darüber, warum Ümit auf keinen Fall möchte, dass sein Vater von seiner Homosexualität erfährt und er deswegen ohne Widerrede zu Dr. Schumann geht. Lesen Sie dazu noch einmal die Seiten 62 bis 64 von *Dschinns*.

A1.3 Die Therapie bei Dr. Schumann (S. 66-71) ist eine sogenannte Konversionstherapie.

Info

Bei einer **Konversionstherapie** wird versucht, die sexuelle Orientierung oder die selbstempfundene geschlechtliche Identität einer Person mithilfe medizinischer oder anderer Maßnahmen zu ändern, mit dem Ziel, dass diese heteronormativen Vorstellungen entspricht.
Der ehemalige Gesundheitsminister Jens Spahn äußerte sich dazu folgendermaßen: „Homosexualität ist keine Krankheit. Daher ist schon der Begriff *Therapie* irreführend. Wir wollen sogenannte Konversionstherapien soweit wie möglich verbieten. Wo sie durchgeführt werden, entsteht oft schweres körperliches und seelisches Leid. Diese angebliche Therapie macht krank und nicht gesund. Und ein Verbot ist auch ein wichtiges gesellschaftliches Zeichen an alle, die mit ihrer Homosexualität hadern: Es ist ok, so wie du bist." Im Jahr 2020 trat das Gesetz zum Schutz vor Konversionsbehandlungen bei Minderjährigen in Kraft.

Eine Leserin behauptet:

> *„In den Therapie-Gesprächen auf den Seiten 66 bis 71 zieht der Psychotherapeut fast ausschließlich Stereotype und Vorurteile heran, die sowohl auf Rassismus als auch Homophobie fußen."*

Diskutieren Sie in der Klasse über diese Hypothese. Belegen Sie Ihre Meinung dazu am Text.

A1.4 Überlegen Sie, welche Auswirkungen diese Gespräche bei Dr. Schumann auf Ümits Entwicklung vor allem in Bezug auf seine eigene kulturelle Identität und damit verbunden auch auf seine sexuelle Identität haben.
Halten Sie Ihre Gedanken dazu schriftlich fest. (ca. 400 Wörter)

A2 Auch für die Romanfigur Perihan spielt das Thema Sexualität eine große Rolle. Sie scheint nahezu „besessen" von ihrer Jungfräulichkeit zu sein und will diese „loswerden". Warum ist das so?
Formulieren Sie Annahmen über Perihans Gründe dafür. Beziehen Sie sich dabei auf Ihre Erkenntnisse aus Kapitel 3 und auf den Stellenwert von Sexualität im Kontext von Perihans Kultur.

A3 In einem Gespräch mit ihrer Mutter versucht Perihan, Emine zu erklären, dass es die Unterscheidung zwischen den verschiedenen Geschlechtern in der türkischen Sprache nicht wie im Deutschen gibt. Lesen Sie hierzu noch einmal die Seiten 198 bis 201.

A3.1 Untersuchen Sie, wie das „sprachliche Referieren" – das im Deutschen mithilfe von Pronomen geschieht (z.B. Ben: er, sein; Paula: sie, ihre ...) – in verschiedenen anderen Sprachen, darunter Türkisch, funktioniert. Dabei können Ihnen Mitschülerinnen und Mitschüler mit entsprechender Muttersprache helfen.

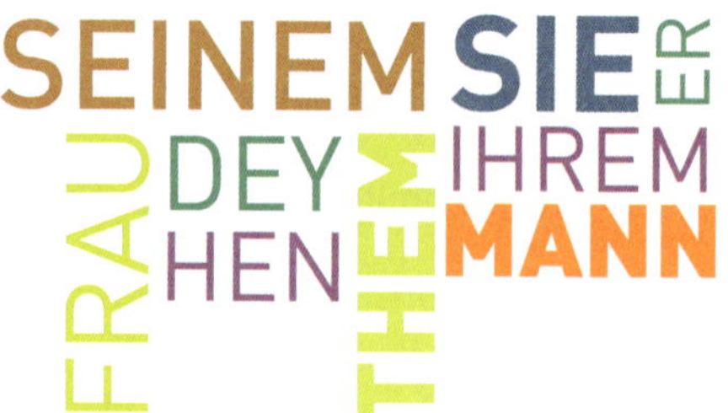

A3.2 Recherchieren Sie in diesem Zusammenhang auch zu den sogenannten Neopronomen und erläutern Sie, was darunter zu verstehen ist.

A3.3 Diskutieren Sie, ob man von den diesbezüglichen Sprachregeln Rückschlüsse auf Geschlechtergerechtigkeit in den verschiedenen Gesellschaften ziehen kann.

A4 Die Figur Ciwan stellt die Lesenden lange vor ein Rätsel. Dessen Auflösung ist ein wichtiger Wendepunkt im Roman.

A4.1 Wer ist Ciwan? Schreiben Sie eine Figurenbiographie, in der Sie auf für die Figur wichtige Ereignisse eingehen und vor allem die Aspekte Identität und Gender beleuchten. Beginnen Sie mit den Worten:

Ich bin Ciwan ...

A4.2 Am Ende des Romans diskutieren Emine und Sevda über Ciwan und die Reaktionen der anderen Familienmitglieder auf ihn. Dabei wird deutlich, dass Emine sich wünscht, Ciwan getroffen zu haben. Wie hätte dieses Wiedersehen wohl ausgesehen? Setzen Sie es in einem szenischen Rollenspiel um und präsentieren dieses in der Klasse.

A4.3 Diskutieren Sie im Anschluss an Ihre Präsentationen vor allem die Reaktion Emines, indem Sie konkreten Bezug auf den Romantext nehmen (vgl. S. 349 ff.).

A5 Die Rechte von queeren Menschen sind in den verschiedenen Ländern Europas und der EU sehr unterschiedlich. Während in manchen Ländern absolute Gleichberechtigung herrscht, müssen beispielsweise homosexuelle Menschen in vielen Ländern noch immer um ihr Leben fürchten.

A5.1 Informieren Sie sich unter dem **QR-Code** [12502-35] darüber, wie die Organisation „Rainbow Europe" die Gleichstellung queerer Menschen innerhalb der EU einstuft.

A5.2 Recherchieren und erläutern Sie, ob Verfolgung wegen Homosexualität als Migrationsgrund in Deutschland anerkannt ist.

» 5. Was uns der Roman nicht verrät – die Leerstellen im Roman füllen

A 1 Perihan setzt sich in ihrem Kapitel intensiv mit den Dschinn, die Sie im Einstiegskapitel bereits kennengelernt haben, auseinander. Sie stellt sich in diesem Zusammenhang folgende Frage:

„Vielleicht sind das die Dschinns, die Wahrheiten, die immer da sind, die immer im Raum stehen, ob man will oder nicht, aber die man nicht ausspricht, in der Hoffnung, dass sie einen dann in Ruhe lassen, dass sie im Verborgenen bleiben für immer." (S. 193)

A 1.1 Überlegen Sie gemeinsam mit Ihrer Lernpartnerin / Ihrem Lernpartner anhand dieses Zitats und mithilfe Ihres Wissens über die Dschinns, warum die Autorin gerade diese mystischen Wesen als Vehikel für die unausgesprochenen Wahrheiten ausgewählt haben könnte.
Bewerten Sie anschließend, ob Sie diese Wahl für gelungen halten oder nicht.

A 1.2 Perihan bezeichnet darüber hinaus das Schweigen in ihrer Familie als „Leerstellen" (S. 189). Lesen Sie diese Textstelle (S. 189 unten bis 190 oben) erneut und diskutieren Sie die dort von Perihan aufgeworfenen Fragen.

A 2 Entsprechend der Familiengeschichte ist auch der Roman voller Leerstellen.

A 2.1 Überlegen Sie in Einzelarbeit, welche Funktionen Leerstellen in einem Roman erfüllen und welche Rolle dem Leser dabei zukommt.
Halten Sie Ihre Ergebnisse in Form einer Mind-Map stichpunktartig fest.

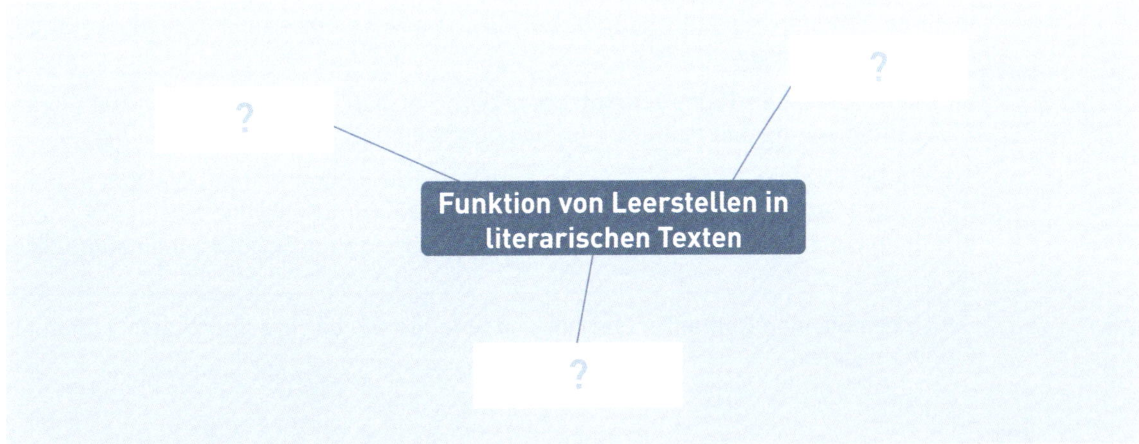

A 2.2 Erarbeiten Sie nun gemeinsam mit Ihrer Lernpartnerin / Ihrem Lernpartner eine Definition, was man unter einer literarischen Leerstelle versteht.

Wenn Sie auf einer **digitalen** Pinnwand arbeiten, können Sie nur Stichpunkte notieren.

A3 Sichten Sie die Liste mit den genannten Leerstellen aus dem Text. Sind Ihnen beim Lesen noch weitere Leerstellen aufgefallen?
Ergänzen Sie die Liste mit drei weiteren Fragen.

Leerstellen im Roman:

- Welche Erfahrungen hat Hüseyin während seines Militärdienstes gemacht? (S. 311)
- Was ist mit Hakan bei der Polizeikontrolle passiert? Er hat seinem Vater nur ein Zehntel dessen erzählt, was geschehen ist. (S. 255 f.)
- Warum vertraut Ümit seiner Schwester Perihan nicht an, dass er homosexuell ist? (S. 175)
- Warum offenbart Ciwan Perihan nicht, dass er mit ihr verwandt ist? (S. 201-219)
- Wie hätte Emine auf Ciwans Transsexualität reagiert, wenn er bei ihr aufgewachsen wäre? (S. 350 f.)
- Was passiert am Ende mit Sevda und Emine nach dem Erdbeben? (S. 365 f.)

? ? ?

A4 Was bewirken diese Leerstellen beim Lesen? Formulieren Sie eine Vermutung, warum Fatma Aydemir in *Dschinns* so viel mit Leerstellen gearbeitet hat.

A5 Füllen Sie nun eine Leerstelle Ihrer Wahl, indem Sie Ihre bisherigen Assoziationen und Ergebnisse einbinden.
Sie können als Team oder einzeln arbeiten.
Wählen Sie dafür eine der folgenden Aufgaben.

TIPP Sie können auch die von Ihnen gefundenen Stellen für eine kreative Umsetzung verwenden.

- [ ] Schreiben Sie einen **inneren Monolog**, in dem Hüseyin die Erfahrungen während seines Militärdienstes reflektiert. Gehen Sie dabei auch darauf ein, warum es ihm nicht möglich erscheint, mit seiner Familie darüber zu sprechen.
- [ ] Schreiben Sie einen **Tagebucheintrag**, in dem Hakan die Geschehnisse der Polizeikontrolle verarbeitet.
- [ ] Schreiben Sie aus Ümits Perspektive einen **Brief** an Perihan, in dem er ihr alle seine Gefühle gesteht. Gehen Sie außerdem darauf ein, warum er sich seiner Schwester lange Zeit nicht öffnen konnte.
- [ ] Schreiben Sie einen **Tagebucheintrag**, in dem Perihan das letzte Treffen mit Ciwan (S. 215-219) reflektiert, nachdem Sie schließlich erfahren hat, wer Ciwan wirklich ist.
- [ ] Stellen Sie sich vor, Emine und Ciwan hätten die Gelegenheit, ein **Gespräch** miteinander zu führen. Wie würde dieses im Stil des Romans ablaufen? Gestalten Sie dieses und berücksichtigen Sie dabei auch, wie sich Emine mit ihrer eigenen Schuld auseinandersetzen würde.
- [ ] Schreiben Sie eine **Romanfortsetzung** und stellen Sie dar, was nach dem Erdbeben mit der Familie passiert.

Unter dem **QR-Code** [12502-36] finden Sie eine Übersicht, welche Anforderungen bei den unterschiedlichen kreativen Schreibaufgaben erfüllt werden sollten.

» 6. Literatur ist Geschmackssache!? – Literatur bewerten

A1 Wie hat Ihnen denn nun der Roman insgesamt gefallen? Geben Sie zunächst spontan Ihr Urteil ab, indem Sie hier mehr oder weniger Daumen ausmalen.

A2 Wie entscheiden Sie überhaupt, ob ein Roman gelungen ist?
Erläutern Sie, was persönliche Bewertungen von Rezensionen, die z.B. in Zeitungen oder online erscheinen, unterscheidet.

Im **QR-Code** [12502-37] finden Sie eine journalistische Rezension zu Fatma Aydemirs Roman *Dschinns*.

12502-37

A3 Wie das Beispiel einer Zeitungsrezension zeigt, wird eine Bewertung durch Erläuterung verschiedener Bewertungskriterien nachvollziehbarer und überzeugender.
Bewerten Sie deshalb die folgenden drei Gestaltungsaspekte aus *Dschinns*.

- → Wie gezeigt, lässt der Roman die Leserinnen und Leser mithilfe differenzierter **Erzählinstanzen** in die verschiedenen Hauptfiguren blicken.
  Erklären Sie, was damit im Unterschied zu einer einzigen Erzählinstanz erreicht wird, und bewerten Sie anschließend dieses Erzählmerkmal.
- → Das Besondere an der **Zeitgestaltung** ist, dass ein Teil der Handlung sich erst im Nachhinein erschließt. Wie gefällt Ihnen diese Erzählweise?
  Bewerten und begründen Sie Ihre Einschätzung schriftlich.
- → Geben Sie nun Ihr Urteil zu den **Handlungsräumen** ab. Bilden diese die Bewegung zwischen zwei Welten adäquat ab?

A4 Ob ein Roman als gelungen wahrgenommen wird oder eben nicht, hängt nicht zuletzt davon ab, ob uns als Leserin oder Leser die Figurengestaltung überzeugt.

A4.1 Beurteilen Sie die Gestaltung der einzelnen Figuren. Kreuzen Sie dafür den jeweiligen Aspekt an, wenn Sie der Meinung sind, dass dieser auf die Gestaltung der Figur zutrifft.

	differenzierte Gestaltung	Glaubwürdigkeit	Identifikationspotential
Hüseyin			
Emine			
Sevda			
Hakan			
Perihan			
Ümit			

A4.2 Wählen Sie **digital** die Figur aus, auf die Ihrer Meinung nach alle drei genannten Aspekte am meisten zutreffen. Diskutieren Sie Ihr Ergebnis im Plenum.

Textnachweis

6 „Als Muslim wird man mit den Dschinn als mystische Wesen zwangsläufig konfrontiert…", Autorentext

7 Von der unstillbaren Sehnsucht, verstanden zu werden, aus dem Klappentext der Taschenbuchausgabe von Dschinns, dtv Verlagsgesellschaft mbH & Co. KG, München 2023

8 „Selten wurden in der neueren …so überzeugend geschildert.", Nicole Henneberg, Wo Gespenster sprechen, Buchbesprechung in der FAZ, 30.03.2022. Alle Rechte vorbehalten. © F.A.Z. GmbH, Frankfurt am Main

10 „Hab´keine Angst …" und alle weiteren Textzitate aus dem Roman entstammen der Ausgabe Fatma Aydemir: Dschinns, Carl Hanser Verlag GmbH 6 Co. KG, München 2022

13 Fatma Aydemir: „Fiktiv sind nur die kleineren Orte …", Fatma Aydemir im Interview mit Janine Schneider: „Alle haben mit ihren eigenen Dschinns zu kämpfen", Online-Magazin Journal B, 28.03.2023, zitiert nach: https://journal-b.ch/artikel/alle-haben-mit-ihren-eigenen-dschinns-zu-kaempfen/, aufgerufen am 08.04.2024

17 „I begged and pleaded with her day after day
But she packed my suitcase and sent me on my way
She gave me a kiss and then she gave me my ticket
I put my Walkman on and said, "I might as well kick it",
Will´s Puppet Rap
Titel *The fresh Prince of Bel Air* (TV-Serie), Text, (OT) Smith, Willard C, © Barter Music Inc./Universal/MCA Music Publishing GmbH, Berlin

21 Grandmasterflash and the Furios Five: The message, Text (OT): Chase, Clifton Nathaniel / Fletcher, Edward G. / Glover, Melvin / Robinson, Sylvia 14, Copyright 1985 Sugar Hill Music Publishing Ltd./Rolf Budde Musikverlag GmbH, Berlin

22 Art. 3 / Absatz 2 des Grundgesetzes: Männer und Frauen sind gleichberechtigt …, aus: https://www.gesetze-im-internet.de/gg/art_3.html, aufgerufen am 27.05.2024

26 Definition „Migration": „Von Migration spricht man …", Bundesministerium des Innern und für Heimat, aus: https://www.bmi.bund.de/DE/service/lexikon/functions/bmi- lexikon.html;jsessionid=4D05F642569B1A968DCE4BB-45B7AE774.live862?cms_lv3=9398188&cms_lv2=9391116#doc9398188, aufgerufen am 02.01.2024

26 „Migration [ist] Teil jeder Familiengeschichte …", aus: Heike Zech (Hg.): Horizonte. Geschichten und Zukunft der Migration, Verlag des Germanischen Nationalmuseums, Nürnberg 2023, Ausstellungskatalog, S. 30

28 Nevfel Cumart, Zwei Welten, Grupello Verlag, Düsseldorf, 1996, S. 6

28 Kurzbiografie Nevfel Cumart vom Autor selbst verfasste und von ihm autorisierte Textfassung

30 Zitat: „Fatma Aydemirs Roman […] gibt einen tiefen Einblick in die äußeren, vor allem aber auch inneren Kämpfe der Menschen in der ersten und zweiten ‚Gastarbeiter:innen'-Generation", aus: https://www.buecherfrauen.de/wir-buecherfrauen/presse/artikel/fatma-aydemir-dschinns, aufgerufen am 12.12.2023

31 Aussage des Gesundheitsministers (2018-2021) innerhalb der Definition von Konversionstherapie (diese ist Autorinnentext): „Homosexualität ist keine Krankheit …", aus: https://www.bundesgesundheitsministerium.de/konversionstherapienverbot, © 2024 Bundesministeriums für Gesundheit, aufgerufen am 18.04.2023

Bildnachweis

AdobeStock / Gabriele Rohde – S. 9; Alamy Stock Photo / AJ Pics – S. 5; - / IanDagnall Computing – S. 23; - / Jacob Lund – S. 23; - / Peter Probst – S. 23; - / United Archives GmbH – S. 17; - / Vinyls – S. 21; - / World History Archive – S. 19; Germanisches Nationalmuseum, Nürnberg – S. 26; Fatma Aydemir, Dschinns, © 2022 Carl Hanser Verlag GmbH & Co. KG, München – Cover, S. 7; picture-alliance / Caro, Bastian – S. 30; - / Caro, Seeberg – S. 30; - / dpa, Georg Wendt – S. 13; - / SULUPRESS.DE, Vladimir Menck – S. 30; - / ZUMAPRESS.com, Javier Rojas – S. 23; - / Fritz Rust – S. 27; - Nevfel Cumart / www.nevfel-cumart.de – S. 28.